AF454847

VENTE

des Jeudi 26, Vendredi 27
et Samedi 28 Décembre 1912

HOTEL DROUOT - SALLE N° 1

A DEUX HEURES TRÈS PRÉCISES

EXPOSITION PUBLIQUE
Le Mercredi 25 Décembre 1912
de 2 heures à 6 heures

Beaux Meubles

OBJETS D'ART, BRONZES, FAIENCES, MARBRES

TABLEAUX, DESSINS, ARMES, VOLUMES

BIJOUX

Tapis — Tentures

Me H. BRICOUT
COMMISSAIRE-PRISEUR
8 — Rue Sainte-Cécile — 8

IMPRIMERIE ARTISTIQUE
C. CHAUFOUR

CATALOGUE

DE

Beaux Meubles

Style Louis XV, Louis XVI et Empire

en noyer ciré, acajou moucheté, bois doré

pour Salons, Salles à manger, Chambres à coucher

Petits Meubles Marqueterie et Sièges anciens et de style

MEUBLES DE SALON AUBUSSON

BRONZES, MARBRES, FAIENCES

Garnitures de foyers et de cheminées, Appareils d'éclairage électrique

TABLEAUX, GRAVURES, DESSINS

OBJETS DE VITRINE

BIJOUX

enrichis de brillants, perles et piérres de couleurs

COLLIERS DE PERLES

ARGENTERIE — PLAQUÉ

Tapis d'Aubusson et d'Orient, Tapis moquette, Tentures

ARMES, VOLUMES

Linge, Garde-robe, Fourrures

DONT LA VENTE AUX ENCHÈRES PUBLIQUES AURA LIEU

HOTEL DROUOT — SALLE N° 1

Les Jeudi 26, Vendredi 27 et Samedi 28 Décembre 1912

A DEUX HEURES TRÈS PRÉCISES

Par le Ministère de Me **Henry BRICOUT**, Commissaire-Priseur

A PARIS, 8, Rue Sainte-Cécile — TÉLÉPHONE : 202-04

EXPOSITION PUBLIQUE

Le Mercredi 25 Décembre 1912, de 2 heures à 6 heures

ORDRE DE VACATIONS

Jeudi 26. — Linge, Garde-robe, Fourrures, Volumes, Bijoux, Argenterie, Plaqué, Armes, Porcelaines, Bibelots de vitrine et divers.

Vendredi 27. — Vaisselle, Cristaux, Tableaux, Porcelaines, Bronzes, partie des Meubles et Tentures.

Samedi 28. — Ustensiles, suite des Porcelaines, Bronzes, fin des Meubles et Tapis.

CONDITIONS DE LA VENTE

La vente sera faite au comptant.

Les adjudicataires paieront *dix pour cent* en sus des enchères.

L'exposition mettant le public à même de se rendre compte de l'état et de la nature des objets, il ne sera admis aucune réclamation une fois l'adjudication prononcée.

DÉSIGNATION

MEUBLES

1 — Ameublement de salle à manger noyer ciré Henri II, buffet panneau central vitré, pannetière, table huit chaises cuir.

2 — Six chaises cannées acajou verni.

3 — Six chaises cuir Henri II.

4 — Marquise style Louis XIV, recouverte velours strié.

5 — Quatre chaises style Louis XIII, tissu tapisserie.

6 — Ameublement de chambre à coucher acajou ciré et bronzes, armoire à trois portes à glaces biseautées, table de nuit, lit avec sommier et literie.

7 — Table bois laqué blanc, pieds croisillon, dessus marbre gris.

8 — Sellette et petit guéridon bois laqué.

9 — Ameublement de salle à manger style Louis XV, noyer ciré, buffet, pannetière, table avec trois allonges, six chaises sièges et dossiers cannés.

10 — Petite table-desserte noyer ciré.

11 — Ameublement de chambre à coucher noyer ciré, armoire trois portes glaces biseautées, grand lit de milieu et matelas, table de nuit.

12 — Fauteuil et deux chaises noyer ciré peluche rose.

13 — Toilette bois laqué blanc, dessus marbre, étagère avec glace.

14 — Paravent trois feuilles bois laqué blanc.

15 — Miroir Brot trois faces laqué blanc.

16 — Banquette-bidet, laqué blanc.

17 — Coiffeuse laqué blanc.

18 — Deux fauteuils laqué blanc.

19 — Grand canapé et deux bergères bois doré à oreilles, recouverts soierie brochée.

20 — Divan, trois coussins soierie rose.

21 — Deux petites encoignures marqueterie, dessus marbre rouge. Signées Garnier.

22 — Jardinière marqueterie de bois et bronzes.

23 — Table à jeu noyer ciré.

24 — Meuble vitrine-étagère bois laqué vert et or, guirlande de roses.

25 — Vitrine-étagère style Louis XV, noyer filets or.

26 — Grande console surmontée d'une glace acajou et bronzes. Style Empire.

27 — Petite bibliothèque, dessus marbre vert, acajou et bronzes. Même style.

28 — Grande table acajou et bronzes. Même style.

29 — Deux petites tables acajou et bronzes. Même style.

30 — Deux tabourets acajou recouvert cuir. Même style.

30 *bis* — Horloge acajou Empire.

31 — Petite commode Louis XV marqueterie de bois et bronzes.

32 — Meuble de salon bois doré, recouvert de soierie, canapé, deux fauteuils, deux chaises, une bergère assortie, un paravent bois doré, même soierie.

33 — Ameublement de salle à manger Art nouveau: buffet, pannetière, table trois allonges, dix chaises cuir.

34 — Piano à queue noyer verni, de Partatt, de Vienne.

35 — Cartel acajou et bronzes style Louis XV (Maison Dienst).

36 — Table ronde chêne, cinq allonges.

37 — Meuble de salon cinq pièces bois doré style Louis XIV, recouvert tapisserie Aubusson à personnages.

38 — Quatre chaises bois sculpté doré avec soieries. Style Louis XVI.

39 — Table de salon incrustée nacre.

40 — Deux fauteuils et une chaise-longue soierie et peluche.

41 — Ecran bois doré style Louis XVI, garni tapisserie au point.

42 — Grande armoire et deux petites armoires bonnetières en chêne, parties vitrées.

43 — Bibliothèque à deux portes.

44 — Chambre à coucher palissandre ciré, style Louis XV, lit de milieu, sommier, armoire une porte à glace, table de nuit.

45 — Meuble de salon style Louis XVI bois doré, recouvert tapisserie d'Aubusson, décors paniers de fleurs, composé d'un canapé et quatre fauteuils.

46 — Bureau style Louis XV, forme rognon, marqueterie de bois et bronzes.

47 — Console style Louis XV bois doré, tablette onyx.

48 — Deux fauteuils Louis XVI, recouverts soierie moderne.

49 — Pied de cache-pot têtes d'éléphants.

50 — Grand lit de milieu noyer ciré avec table de nuit.

51 — Bibliothèque en chêne deux portes à glaces.

52 — Deux fauteuils Louis XVI fond et dossier canné, manchettes tapisserie.

53 — Petite banquette bois laqué, cannée.

54 — Grand lit style Louis XVI bois laqué, fond canné (deux sommiers).

55 — Deux petites consoles style Louis XVI, bois laqué, dessus marbre blanc.

56 — Grande armoire noyer ciré, trois portes glaces à biseaux. Style Louis XVI.

57 — Armoire noyer ciré, deux portes glaces biseautées. Style Louis XVI.

58 — Ameublement de salle à manger acajou, composé de : Grand buffet corps sur corps, partie haute vitrée avec étagère et tiroirs sur les côtés. Desserte, grande table ovale et six chaises sièges et dossiers garnis de cuir capitonné.

59 — Desserte-pannetière noyer ciré. Style Henri II.

60 — Table à jeu marqueterie et bronzes.

61 — Bureau de dame acajou et bronzes.

62 — Vitrine citronnier genre Maple.

63 — Jardinière marqueterie de Boulle.

64 — Paravent à trois feuilles, bois laqué blanc.

65 — Ecran bois laqué, feuille satin broché.

66 — Bureau plat style Louis XV, garni de bronzes.

67 — Guéridon style Louis XVI garni de bronzes.

68 — Petite table à ouvrage marqueterie à trois tiroirs. Style Louis XV

69 — Petite table encoignure marqueterie et bronzes. Style Louis XVI.

70 — Table deux étagères vernis Henri Martin.

71 — Banquette noyer ciré.

72 — Coffre noyer ciré.

73 — Meuble dessus marbre avec étagères en glaces.

74 — Console style Empire.

75 — Deux consoles palissandre et cuivre.

76 — Petite vitrine Louis XVI.

77 — Porte-musique laqué blanc foncé de canne.

78 — Pupitre à musique laqué blanc.

79 — Petit guéridon trois pieds, dessus de marbre. Style Louis XVI.

80 — Baignoire et chauffe-bain.

81 — Lavabo.

82 — Ustensiles et accessoires de ménage et de cuisine, supports, porte-manteaux, seaux, ustensiles cuivre, tringles, compteur, poêle à gaz, etc.

Sera divisé.

83 — Cheminée nickelée genre Salamandre.

84 — Linge de maison et petits rideaux, stores et brise-bise, coussins, etc.

Sera divisé.

85 — Mobilier courant. Lit-cage, tables et buffet hêtre, malles.

PORCELAINES, BRONZES, MARBRES.

APPAREILS D'ÉCLAIRACE

86 — Deux grands vases de Chine décor bleu.

87 — Deux grands vases Sèvres, monture bronze.

88 — Coupe et deux vases Sèvres, monture bronze.

88 *bis* — Vase bleu de Sèvres rehaussé d'or.

89 — Grand vase porcelaine de Chine.

90 — Pendule porcelaine, sujet Femme assise avec chien.

91 — Groupe faïence italienne : Femme et enfants.

92 — Coupe Chine.

93 — Grand plat Chine.

94 — Vase vieux Delft.

95 — Vasque turque.

96 — Statuette biscuit : Le Pêcheur.

97 — Deux verseuses porcelaine décorée.

98 — Cache-pot porcelaine, décors à fleurs.

99 — Quinze pièces : vases, statuettes, tasses et soucoupes, porcelaines diverses.

Sera divisé.

100 — Plats et assiettes faïences décoratives.

Sera divisé.

101 — Trois vases faïence Delft.

102 — Douze petits groupe ivoire.

103 — Violon porcelaine de Marseille.

104 — Groupe terre cuite, femme et petits amours de Madrassi.

105 — Grand plat Chine, famille verte.

106 — Caisse de porcelaine, services de table.

107 — Caisse de porcelaine, services de toilette.

108 — Caisse de petites potiches et bronzes.

109 — Caisse de verrerie de table.

110 — Deux grands vases cristal taillé, monture bronze.

111 — Groupe en bronze : Bacchus d'après CLODION.

112 — Lionne en bronze, patine verte, signé DELABRIERRE.

113 — Eléphant en bronze, patine verte, signé KARCOWSKI.

114 — Deux petits bronzes : Enfants, d'après CLODION.

115 — Jardinière ovale et deux vases cassollettes, marbre vert antique, monture bronze dauphins.

116 — Grande pendule, style Louis XVI, marbre blanc, sujet bronze : Les Amours.

117 — Pendule bronze doré, marbre blanc, sujet : Enfant à l'arc, (cadran et mouvement anciens).

118 — Grand surtout, style Louis XVI, galerie ancienne.

119 — Plaque bronze, fonte ancienne, sujet : Silène, d'après CLODION.

120 — Deux brûle-parfums jaspe, montés bronze.

121 — Deux bouts de table, bronze et cristaux équipés à l'électricité.

122 — Lustre bronze, couronne, équipé à l'électricité.

123 — Petite glace psyché, montée sur marbre blanc.

124 — Petite glace ovale de toilette.

125 — Encrier ancien marbre.

126 — Encrier style Empire.

127 — Statuette bronze : La Mélodie.

128 — Statuette bronze doré, socle onyx : Femme tenant un rameau, signé: GARNIER.

129 — Bronze: Folie d'Hercule.

130 — Bronze : Taureau.

131 — Bronze : Diane de Gabies.

132 — Statuette bronze : Les Vendanges.

133 — Statuette bronze : Femme à l'éventail.

134 — Deux petits bronzes : Faune et Faunesse.

135 — Deux flambeaux bronze.

136 — Glace à main bronze.

137 — Pendule reliquaire, bronze doré.

138 — Pendule applique.

139 — Petit cartel, style Louis XV.

140 — Glace applique, deux lumières bronze doré, style Louis XVI.

141 — Deux candélabres cuivre et marbre.

142 — Deux grands groupes : Chevaux de Marly.

143 — Deux chenets bronze, style Louis XVI.

144 — Environ quatre vingts morceaux bronze doré, figurines, rinceaux, sabots, ornements divers.

145 — Deux appliques bronze, équipées à l'électricité.

146 — Lustre moderne style, quatre lumières cuivre poli, équipé à l'électricité.

147 — Deux bouts de table équipés à l'électricité.

148 — Deux appliques-potences, cuivre poli, équipées à l'électricité.

149 — Un lot plafonniers, équipés à l'électricité.

150 — Grand plafonnier couronne, équipé à l'électricité.

151 — Petit plafonnier, bronze et cristaux, équipé à l'électricité.

152 — Lustre de salon bronze et cristaux à bougies.

153 — Eventail pare-étincelles en bronze.

154 — Lustre style Louis XVI, huit lumières bronze : Aigle et carquois.

155 — Garniture de cheminée marbre rouge et bronze : Diane chasseresse.

156 — Suspension cuivre trois branches, équipée à l'électricité.

157 — Deux appliques têtes de femmes.

158 — Deux chandeliers cuivre.

159 — Deux lampes porcelaine et bronze.

160 — Deux petits bronzes : Jean qui pleure, Jean qui rit.

161 — Grande statue en pierre.

162 — Grand vase en pierre.

163 — Groupe en marbre : Phryné devant ses juges, signé : Campagne.

164 — Statue en marbre : Femme.

165 — Bustes de jeune femme.

Marbre.
Sera divisé.

TABLEAUX, DESSINS, GRAVURES

PASTELS, AQUARELLES

APPERT

166 — La Marchande de volailles.
Toile.

BENNER (J.)

167 — Femme couchée.

BONNARD (P.)

168 — Sur le pré.

BOUDIN (E.)

169 — Marine.
Aquarelle.

COROT (Attribué à)

170 — Vue de Paris.

CHARDIN (Genre de)

171 — Portrait d'homme se rasant.

FAVEREAU

172 — Cour de ferme à la Ferté-sous-Jouarre.

FORAIN

173 — Coin du pesage à Longchamps.
Dessin..

GENTIL

174 — Paysage.
Toile.

175 — Marine.
Toile.

KLOMP (Albert)

176 — Deux petits tableaux : Vaches et moutons.

LAFONT

177 — Femme dansant.

LANCRET (Genre de)

178 — La Cueillette des pommes.

LEGRAND (Eug.)

179 — Marine.

Aquarelle.

LERICHE

180 — Fleurs.

Deux fixés sous verre.

LHERMITTE

181 — Ruisseau sous bois.

Fusain.

OUDRY (Genre de)

182 — Deux natures mortes.

PIAZETTA

183 — Jeune gardeuse de moutons.

PENOT (Eug.)

184-185 — Deux paysages : Vue de l'église de Précy-sur Marne. Les environs de Précy-sur-Marne.

Toile.

RAPHAEL (D'après)

186 — Têted'ange.

RENOUARD (Paul)

187 — La classe d'opéra-comique au Conservatoire.

Dessin.

188 — A la Bourse : La Corbeille.

Dessin.

189 — Dix-neuf silhouettes du monde de la Bourse en deux cadres.

Dessins.

ROSALBIN

190 — Femme et Amour.

Deux tableaux formant pendants.

SAINT-AUBIN (Genre de)

191 — Dessin.

TENIERS (Genre de)

192 — La Partie de cartes.

VIOLLET-LE-DUC

193 — Vue de Mazara.

Dessin.
Cachet de la Vente et signé.

WILHELM

194 — Marine.

ECOLE FRANÇAISE

195 — Portrait de femme.

196 — Portrait de femme à chapeau.

197 — Portrait de femme tenant une guirlande de roses.

Sans cadre.

DIVERS

198 — Petit tableau : Sujet religieux.

Cadre bois doré et argent.

199 — Tête de femme.

Pastel.

200 — La Duchesse de Chevreuse.

Pastel. Médaillon.

201 — Portrait d'homme.

Peinture. École Rembrandt.

202 — Paysage d'Italie.

Gouache. Monogramme L. R.

203 — Tête d'enfant.

Toile sur carton ovale.
Cadre doré.

204 — La Fuite en Égypte.

Toile.

205 — Portrait d'homme.

Pastel.
Cadre ancien.

206 — Trois petits panneaux.

Peintures. Sujets d'après Delacroix, Géricault, Rembrandt.

207 — Les Quatre Saisons.

Quatre panneaux sujets allégoriques.

208 — Vase de fleurs.

Peinture.

209 — Femme japonaise.

Peinture.

210 — Petit tableau ancien.

211 — Le Barbier arabe.

Aquarelle. Monogramme R. T.

211 *bis* — Tableaux omis.

GRAVURES

212 — Gravure en noir : Barque mise à flot.

213 — Gravure : Moutons dans la neige.

214 — Gravure : La Chasse au sanglier.

215-216 — Deux petites gravures : Les Différents goûts. Le Pot au lait.

217 — Quatre dessins aux crayons de couleurs et pastels.

218 — Six petits dessins d'albums.

Même cadre noir.

ARMES

219 — Trois casques du Premier Empire : Dragon, cuirassier, carabinier.

220 — Lot d'armes diverses : Casques, cuirasses, shakos, sabres, baïonnettes, hallebardes, fusils, revolvers, pistolets, etc.

Sera divisé.

221 — Lot de Catalogues de Ventes : (Doucet, Carcano, Dollfuss, Roussel, etc).

Sera divisé.

222 — Deux volumes : Œuvres de Meissonnier.

223 — Lot de volumes et albums sur l'Orfèvrerie et les Arts décoratifs.

224 — Lots de volumes romans.

DIVERS

225 — Machines à écrire Remington.

226 — Stéréoscope physiographe de Bloch. Objectif Zion.

227 — Phonographe à disques.

227 *bis* — Phonographe Pathé avec rouleaux.

228 — Serrure ancienne et sa clef.

229 — Médaillon bois sculpté : Joseph et Putiphar, style Louis XIII.

230 — Coffret à musique dix-huit airs.

BIJOUX

231 — Grand sautoir formé de trois-cent trente-huit perles.

232 — Collier de chien, dix rangs de perles fines, motifs en roses.

233 — Deux petits sautoirs perles fines.

234 — Bague croisée, perle et brillant.

235 — Bague brillant solitaire.

236 — Bague genre ancien montée de roses.

237 — Bague marquise brillants.

238 — Pendentif platine, brillants et perle fine.

239 — Collier de quatre-vingt une perles fines avec fermoir brillants et collier de quatre-vingt neuf perles fines.

240 — Bracelet émeraude, roses, perles fines et bracelet enrichi de brillants.

241 — Collier quatre rangs grenaille de perles.

242 — Broche-barrette en forme de clou, enrichie de brillants.

243 — Broche enrichie de brillants, roses et saphirs.

244 — Boucles d'oreilles, brillants solitaires.

245 — Bague marquise brillants.

246 — Bague opale, entourage brillants.

247 — Bague platine, saphir et quatre brillants.

248 — Epingle cravate, patte d'oie avec brillant.

249 — Bague émeraude.

250 — Bague petites émeraudes et brillant.

251 — Bague brillant solitaire, monture tibia.

252 — Montre d'homme or, à sonnerie.

253 — Peigne de nuque, écaille avec roses et turquoises.

254 — Montres de col or.

255 — Pendentif, roses, perles et rubis.

255 *bis* — Pendentif platine formé de deux perles poires avec chûte neuf brillants.

ARGENTERIE PLAQUÉ

256 — Grand plateau métal, garniture argent.

257 — Jardinière argent.

258 — Corbeille argent, cristal vert.

259 — Panier argent.

260 — Corbeille à pain argent.

261 — Bateau argent.

262 — Carafe et deux verres à champagne cristal, monture argent.

263 — Lampe électrique garnie argent doré.

264 — Beurrier cristal et argent.

265 — Voiturette argent.

266 — Garniture de salon, argent, six pièces.

267 — Flacon cristal, monture argent.

268 — Flacon à thé, cristal, monture vermeil.

269 — Coupe cristal bleu, garniture argent.

270 — Douze couteaux, manches argent.

271 — Petit seau jardinière, style Louis XVI, argent.

272 — Ménagère, monture argent.

273 — Verre d'eau, cristal gravé et doré, monture vermeil avec sa cuiller.

274 — Petite tasse à déguster, argent.

275 — Deux cuillers à têtes de guerriers.

276 — Etui-trousse argent.

277 — Deux petits porte-flacons, argent.

278 — Trois plateaux à cartes argent.

Sera divisé.

279 — Plat argent.

280 — Quatre salières cérébos, bouchon vermeil.

281 — Grande médaille.

282 — Boîte à cigarettes et son plateau métal.

283 — Broc à bière.

284 — Cafetière, théière, chocolatière, légumier, trois plats métal.

Sera divisé.

285 — Douze couverts à filets métal argenté.

OBJETS DE VITRINE

286 — Porte-cartes or.

287 — Eventail vernis Martin.

288 — Boîte avec miniature au centre.

289 — Boîte, sujet vernis Martin.

290 — Miniature d'après Romney.

291 — Trois miniatures, cadres noirs.

GARDEROBE — FOURRURES

292 — Garderobe de femme.
Sera divisé.

293 — Paletot d'auto en chacal.

294 — Manteau dame doublé loutre.

295 — Paletot et manchon astrakan.

296 — Deux cravates zibeline.

297 — Grand manchon velours et renard.

298 — Dix peaux d'astrakan.

RIDEAUX — TAPIS
ÉTOFFES DIVERSES

299 — Quatre grands rideaux de salon satin avec rayures velours rouge avec batons dorés et ferrures.

300 — Quatre rideaux soieries à fleurs.

301 — Deux rideaux et un tapis de table soierie verte.

302 — Huit rideaux velours de lin olive, rouge et chaudron.

303 — Ciel-de-lit, édredon américain.

304 — Quatre grands rideaux soie rose.

305 — Deux grands rideaux velours rouge.

306 — Deux dessus de table.

307 — Tapis d'Aubusson.

308 — Grand tapis d'Orient.

309 — Trois petits tapis d'Orient de foyer.

310 — Grand tapis de Smyrne fond rose.

311 — Grand tapis de Smyrne fond rouge.

312 — Quatre tapis persans.

313 — Tapis chemin (environ 50 mètres) genre Smyrne.

314 — Lot de tapis et carpette moquette.

Sera divisé.

315 — Cinq tapis d'Orient divers.

316 — Cinq tapis ou morceaux moquette verte et thibaudes.

Sera divisé.

317 — Quatre pièces ornements sacerdotaux.

318 — Quatre pièces ornements sacerdotaux.

319 — Tapis brodé turc, broderie argent.

320 — Dessus de lit brodé chinois.

321 — Dessus de piano fond bleu.

322 — Deux dessus de lit broderie et dentelles.

323 — Dessus d'édredon brodé.

324 — Deux coussins en tapisserie.

325 — Bande tapisserie verdure.

326 — Costumes et étoffes anciennes.

Sera divisé.

327 — Objets omis.

www.ingramcontent.com/pod-product-compliance
Ingram Content Group UK Ltd.
Pitfield, Milton Keynes, MK11 3LW, UK
UKHW021037260726
13994UKWH00005B/2201

9 782329 371481